句集

遠空

奥名春江

本阿弥書店

句集　遠空＊目次

装幀　小川邦恵

句集
遠《とお》空《ぞら》

奥名春江

二〇一九年

蕗味噌に真白きごはん命惜し

風船を持つなり夢を持つやうに

榾山に小さき火を焚く猟名残

沈丁や茶の心得のある立ち居

山笑ふ頃なる空のうすにごり
桃さくら私はただ眠いだけ

多羅の芽を採ると卒寿に従へり

蛇穴を出でうやむやとなる話

好物は草餅八十路かろやかに

ちちははの遠忌に集ふ花の宿

鳥雲にむかしはワルといふ男
義士祭やたら喉《のみど》の渇くなり

縁《えん》の無きものの一つに春帽子

老いぼれの猫も爪磨ぐ荷風の忌

月光は大きなつばさ抱卵期

流れ藻のゆたにたゆたに遠がすみ

朴の花見るといふより逢ひに行く

「そやねえ」と一言ゼリー揺れてをり

夜遊びといへばさうかも星涼し

出来たての塩の光や聖五月

巌どれもかもめを咲かせ明易し
しづけさを湛へあまたの蟻地獄

蟻地獄へ蟻を追ひ込む少女かな

炎天にあぶり出さるる老いの影

佐渡

宿根木の「世捨小路」を蟻の列

女滝とはまこと裸身でありにけり

辛口の島の地酒や青葉木菟

朱鷺ではと見ればさうとも晩夏光

海の面は練絹のごと秋立てり

何となく覗く空井戸終戦日

萩の風くる茅葺きの能舞台

露けしやひそとかけある百度札

目秤で売る小魚や秋高し

十戸にも満たぬ集落雁渡し

栗を剝く気力体力まだありぬ

軽トラの婆ゆく草の実をこぼし

ふた心無き案山子らの面構へ

裂織の布裂く音のそぞろ寒

柿を剝きむかしの恋の話など

柿を干し終へたる島や波高し

きのふとは違ふ風音冬来る

海よりも眩しく大根干されあり

蛸壺の中のくらやみ近松忌

綿虫に触れさみしきは私かも

年用意身のおとろへは口にせず
茶の花や叔母にはをばの役どころ

枯蔓のなすすべのなき絡みやう
根雪ともなれば心のさだまりぬ

野沢菜をひさぐ地べたに横たへて
白鳥の千羽の声は如何とも

良寛の墨書の余白冬ぬくし

良寛は美形なりけり風花す

冬枯を分け千曲川信濃川
珠のごと佐渡を抱きて冬がすみ

包丁を買ふ寒晴の日本海

冬うらら翡翠《ひすい》もごろた石も見て

橅林の奥の奥まで透けて冬

着ぶくれて二日遅れの筋肉痛

一陽来復口溶けのよきチョコレート
のらくらも手立て三寒四温かな

二〇二〇年

うすらひのひかりの滅びゆく光
攫ひたくなるやうな猫春の月

桜ちらほら気怠げな波の音
大正の玻璃戸のゆがみ遠蛙

残り香のありふらここは揺れ止まず
てふてふになり切つてゐる豆の花

のつそりと猫が顔出す種物屋

理を一つ通し花種蒔いてをり

ときに死を甘美と思ふ花の雲

会議紛糾きらきらと春の海

難しきものに仔猫の品定め

暁光を胸に白鳥帰りけり

春なれや思ひおもひの波の音

晩年へ舵ゆるやかに遠がすみ

春炬燵テレビ見もせず消しもせず

寂しさに馴れてゆくなり鳥雲に

木洩れ日のみどりのシャワー聖五月

われ先に寄り来る波や白日傘

父の日と気付く三日も過ぎてから
酌む程に鮎の話をするほどに

瘡蓋の剝がしどころや太宰の忌

枕木の符号に記号夏つばめ

署名捺印冷房が効かぬなり

どくだみの日陰が好きでしたたかで

歎異抄

星涼し自力他力を先づは解し

滝となる水には水の縁かな

沈黙は美徳か否か水中花

言訳を己に瓜を揉んでをり

待つ者のなき寧けさよ夏の月

曼荼羅にひそみし万の蛍かな

玉虫の神に愛されたる彩か
足捌きをいへば百足に叶ふまい

薄ものに一重瞼といふはよき
寺の名をいただく通り水を打つ

囲はれものなればは金魚のひらひらと

涼新た昆布を「おこぶさん」と呼び

病む蛍闇が厚みを増すところ
はるかへとトランペットを吹いて秋

青みかん「ほらよ」と一つ投げくれし
ボロ市に置かれてゐてもよき齢

いわし雲老いて父似にならうとは

松手入れ松にすつぽり身を入れて

鳥渡る親方若し弟子若し

猟銃の音山々を統ぶるなり

鮎落ちてにはかに風の緊まりたる
とびきりの夕空野分遠く去り

針山に針を返して夜の長し

師逝去　十句

澄みに澄む空の高みへ逝きたまふ

鳥鳴けよ紅葉は降れよ師は逝けり

この後も師弟なりけり水の秋

悼むなり秋刀魚の腸の苦さにも
唯でさへ秋の終はりはさびしきに

おもかげを追へばはるかを冬の雁

寒林を巡りめぐりてみたものの

山茶花のここだく咲けど師はをらず

居る筈は無しと思へど年忘

石一つ蹴つて心の冬ざるる

尻振つて鴉の歩く小六月

ふるさとは風鳴るばかり一茶の忌

暇乞ひする日短を言ひながら

しぐるるや「外《うい》郎《ろう》」を先づ旅の荷に

スマホはや身体の一部街寒し

日陰れば風すさぶなり社会鍋

昼月は素顔なりけり冬紅葉

街道は寂れ冬菜のあをあをと
白鳥の二物授からざりし声

乾鮭の熟《な》れし香表通りまで

刃物みな底光りせる雪催

秒針が老軀にひびきくる霜夜

二〇二一年

うすらひに沈まぬといふ力かな

ほろほろと朽ちゆく空家鳥雲に

娘《こ》との距離息子との距離山ざくら

桜老い花守もまた老いにけり

残生といふ未知数や亀の鳴く
そはそはと風のかよへる接穂かな

持て余すスマホ蛙の鳴き止まず

かそけくもしかと桜の息づかひ

鳥どちの目覚めの早き涅槃かな

どう呼ぶもそつぽ向く猫日永し

さへづりや薬飲んだか飲まんだか

草摘みが半分おしやべりが半分

目刺焼く怒りはやがて活力に
ぼうたんの花びらごとに闇を抱き

圧巻でありぼうたんのくづるるは
みどり児は水のおもさや聖五月

湯上りのいよいよ匂ふ花みかん

狂気とも山の若葉の噴くさまは

闇にさざなみほうたるの出る気配

畦を塗る己が心の映るまで

田水張るにぎにぎしきは鳥の声

月光を曳きつつ水は植田へと

蕗を煮て主婦の面子をちよと保つ

十薬や善人とふは苦手なり

息吸うて吐くがに撓ふ今年竹

水打つて待つは囲はれ者に似て

水にいろ風にいろあり光琳忌

趣味欄に「俳句と競馬」緑濃し

南風や出自を問へば野良猫と

愚痴多き殿方たちへ水鉄砲

裏山の風こそよけれ盆帰省

苧殻焚くあの世へ一歩近づいて

縁側で空を見てゐる終戦日

秋風や身にほころびの出る齢

止めどなく虫鳴き何となく不安
はらからの一人が疎遠ほうせん花

納得の酸つぱさであり青みかん

一斉に翔つ多数派の稲雀

遊ばんがための養生葛の花

あらぬ方眺め修羅場の菊人形

庭石の濡れていろ浮く西鶴忌

べつたら漬提げ昼酒となりにけり

老衰は病にあらず空の秋

亡夫のものきつぱりと捨つ冬至晴

微かなる闇の華やぎ去年今年
束の間のこの世つかのまの初日

一言に終はる漁師の御慶かな

淑気みつなり沖島のはなだ色

埋火のいつはりのなき色なりし
餅を焼く餅と話をするやうに

節料理作り過ぎたる寂しさよ

心立てなほす寒紅くつきりと

晴れ渡る山を眺めて冬籠
雪の夜の鏡に他人めく私

絨毯の花へ蝶へと鞠ころげ

寒林のてんでんにして整然と

笹鳴のそここ こ径の尽くるなり
癒えて行く日脚の伸ぶる程なれど

二〇二一年

暖かしぶつかり合ひし事さへも
梅白し旅の昼餉は蕎麦と決め

妄想は妄想を呼ぶ桜の夜

花の冷え家がみしりと鳴ることも

桜さくら言葉はいつも未完なり

詩を食うて霞を食うて余生かな

春なれや凧より高く鳶舞へり

潮匂ひきて春ショールひらひらと

花仰ぐ競馬新聞後ろ手に

一匹の猫を扶養す老い暮春

富士かこむ山々武骨鳥雲に

紙屑を丸めて捨てて修司の忌

五月来る波打ちぎはの子らの影

筍と蕗が一度に届きけり

古りてゆく港子つばめ親つばめ

片付けるものに娘も絵風鈴

すつぴんのままの一日の涼しさよ

隠れ家が欲しき卯の花月夜かな

魚のごと息して梅雨の底にをり
芍薬のくづるる風の耳打ちに

千仞の渓へこぞれる若葉かな

竹皮を脱ぐや夜陰に紛れつつ

哀しみは青葉の闇に隠さうか
致死量のことばレースの小袋に

紫陽花や涙を楯とするをんな
人心の読めてくるなり花は葉に

かよわきは男子の方か浮いて来い

森深くしてあざらけき揚羽蝶

何方かの残り香月のバルコニー
スリッパの連れの行方や熱帯夜

ピッチャーの肩落としたる大西日

ノックしてみたき青空秋に入る

かりそめの世なりとことん踊らうか
一途なり死人花てふ呼ばるるも

生身魂明日はランチのお約束

下駄音は男とをんな星月夜

鈴虫のこゑが心の襞にまで

実石榴の悪女のごとき笑まひかな

念仏の済みあつあつの衣被

蚯蚓鳴く黒髪ひそと伸びにけり

十六夜や独り暮しの皿小鉢

血縁を越ゆる縁や檀の実

もう風を摑むほかなき葛の花

銀河濃し孤独死などと言ふなかれ

紅葉散るちるがらくた市のあれこれに
少女らの声コスモスのさざ波す

露けしや真中窪める坐禅石

稲刈つて空が淋しくなりにけり

一位の実ふふみ晩節汚すまじ

見るからに強情さうな種茄子

家々の匂ひそれぞれ冬立てり
眠るとも威を失はず甲斐の山

酉の市かるく一杯ひっかけて
大根の乾きてよりの重さかな

沢庵石身内のやうな貌となり

座布団より猫を剝がせる霜日和

冬うらら時に男の顔も立て

反り合はぬ人が隣りに年忘

駄菓子屋を素通りしたるお年玉

海へ向き海見てをらず日向ぼこ

堂裏の箒ちり取り笹鳴けり

街の灯のひとつは子の灯寒に入る

寒々とビルは高さを競ひをり
毛糸編む語ればば夢はこはれさう

手探りの余生荒星ざくざくと
アリバイは無きにひとしき冬籠

秘め事のやうに埋火深く埋め
まつ先に夜を脱ぎゆける氷柱かな

戯けつつ溶けてゆくなり雪達磨
近づきぬ冬の桜とわかるまで

追ひかけて猫を叱りぬ春隣

二〇二三年

立春大吉賽の目に切る豆腐

靴下に穴が三つも水温む

耕して食うて眠りて不足なし
古草の諦念のいろ美しき

伊豆大室山

山焼を明日に草のさやぐなり

山焼の先づは日和を称へ合ひ

業深き音して山火燃ゆるなり
山火早し草を舐めつつ空も舐め

山焼くに太陽不機嫌さうであり

火を放ちたし古草と見ればなほ

木の芽張る頃や鍼打ち灸をするゐ
その話花が終はつてからにして

WBC

雄叫びは女もすなり風光る

深海のやう千本の夕ざくら

盃も酔うてさうらふ山ざくら
雛の間に妙なしづけさありにけり

花のごと癌の画像や走り梅雨

息災となる一病か卯波立つ

丁寧に蕗を煮てをり手術待つ

蘇生とて老女は老女雲の峰

晶子忌や叩きづめなるエンターキー

大川は流れを見せず心太

ほたるの夜無口をもつて男よし
目瞑りて気を養へり緑の夜

己にも梅雨にも倦みてゐたりけり

浜小屋に煮炊きのけむり夏盛ん

おしゃべりの婆と出くはす南風

梅漬くることなし夫の亡き後は

葭切やさもなき文字が浮かばざる

海へ向きをり旅人もひまはりも

見るからに都会つ子なり捕虫網

猪罠を棄てたる辺り草いきれ

夏服を脱ぐ私を捨つるがに
鬣《たてがみ》が欲し夕焼の野に立てば

余生予後へちまが花を付けにけり

研ぎ上げし包丁匂ふ夜の秋

八月や諦めるにも要る力

おもきもの命かろきもの苧殻

草の花なれば心を許さうか

唄ひつつ機織る媼花芙蓉

銀漢を巡るとすれば貝の舟
名勝はさておき先づは走り蕎麦

秋茄子のつやつや長寿国なりし
新藁の匂ひ夜道を行くほどに

千余の磴ただ秋風の吹くばかり

舟に乗り舟唄にのり最《も》上《がみ》秋

北風の夜や蒟蒻に味染みて
天来のごと白鳥の降り立ちぬ

立枯れもひと色なせる紅葉山
身に沁みて来る源流の音と知り

思はざる人が敵なりおけら鳴く

草は穂に移ろふものは美しき

死の他は動ぜぬ齢さんま食ふ

無駄ごとの何とたのしき青ふくべ

加賀棒茶たつぷりと秋惜しむなり

いぐねからいぐねに風の走り冬

倶《く》利《り》伽《か》羅《ら》峠を越ゆるは冬の雁ならむ

ひと時雨ありし紅殻格子かな

金沢

ご城下は雪をとこ川をんな川

職人の揃ひの法被十二月

雪吊を明日に松の男振り

禅僧の深き一礼茶の咲けり

冴え冴えとあり大本山永平寺
禅寺の廊のいづこも底冷す

山水は濁る間もなし冬紅葉

ていねいに鳴くにはとりや初氷

冬銀河情報過多におぼれさう

雪霏々と詮無き会議続きをり

餅花のうはさ話に揺れてをり

戦後の

貧しさを競うて語り冬ぬくし

ともしびは団欒の色雪が降る

句集『遠空』畢

あとがき

　この句集は令和元年より令和五年まで五年間の作品を収めたものである。この間コロナウイルス禍の中での様々な規制、また、師黛執の逝去があり、私自身が大事な決断をすることが多々あった。その都度「春野」の皆様に支えられ励まされたことは、終生忘れられない。

　また、災禍に於いても、会場が借りられる限り句会を開き、注意をしつつ、俳友たちとの吟行の旅も欠かさなかった。その事もあり旅吟が多い句集となった。

　俳句に手を染めて四十年余り、来し方は、遥か遠い空のように思えるこの頃であり、句集名を『遠空』とした。『沖雲』『潮の香』『七曜』『春暁』に続く、第五句集『遠空』である。俳句表現という翼をいただき、多忙かつ充実の日々、その等身大のこもごもが、描出できればと願うのみである。

刊行に当たり、故黛執先生をはじめ、俳縁に繋がる多くの方々に深く感謝すると共に、この先もこのご縁を大切にして行きたい。

上梓に当たりお世話になった本阿弥書店の黒部隆洋さんに厚くお礼を申し上げる。

令和六年初夏

奥名　春江

著者略歴

奥名春江（おくな・はるえ）

1940年11月８日　神奈川県生まれ
1980年　黛執に師事
1992年　第38回角川俳句賞受賞
1993年　黛執「春野」創刊同人
2005年　「春野」編集長
2015年　「春野」主宰就任
2020年　「文學の森賞」受賞
句集『沖雲』『潮の香』『七曜』『春暁』
俳人協会幹事
2024年６月15日　死去

〔連絡先〕
〒259–0311　神奈川県足柄下郡湯河原町福浦482
高橋しのぶ

句集　遠《とお》空《ぞら》
2024年８月30日　発行
定　価：3080円（本体2800円）⑩
著　者　奥名　春江
発行者　奥田　洋子
発行所　本阿弥《ほんあみ》書店
東京都千代田区神田猿楽町2-1-8 三恵ビル　〒101-0064
電話　03(3294)7068(代)　振替　00100-5-164430
印刷・製本　日本ハイコム株式会社

ISBN978-4-7768-1683-6 C0092（3399）　Printed in Japan